엄마만 애쓰고

푸른사상 동시선 23

엄마만 애쓰고

인쇄 · 2014년 12월 20일 | 발행 · 2014년 12월 25일

지은이 · 김지원
펴낸이 · 한봉숙
펴낸곳 · 푸른사상
주간 · 맹문재 | 편집 · 지순이 | 교정 · 김소영

등록 · 1999년 7월 8일 제2-2876호
주소 · 서울시 중구 충무로 29(초동) 아시아미디어타워 502호
대표전화 · 02) 2268-8706(7) | 팩시밀리 · 02) 2268-8708
이메일 · prun21c@hanmail.net / prunsasang@naver.com
홈페이지 · http://www.prun21c.com

ⓒ 김지원, 2014

ISBN 979-11-308-0311-1   04810
ISBN 978-89-5640-859-0   04810 (세트)

값 10,000원

푸른사상
동시선

23

엄마만 애쓰고

김지원 동시집

푸른사상
PRUNSASANG

자꾸자꾸 먹고 싶은 동시

그림과 리듬이 어우러진 동시를 쓰고 싶었습니다.
그 속에 향기까지 스미게 하고 싶었습니다.

눈과 귀가 즐겁고, 입이 웃으면 좋겠습니다.
모두, 모두 웃는 얼굴이 되면 좋겠습니다.

기쁨과 슬픔이 함께 있는 세상에서
슬픔을 달래는 동시면 좋겠습니다.

눈과 귀로 먹는 동시가 맛있다는 걸 알고
자꾸자꾸 먹길 바라며 부족하지만 이 동시집을 냅니다.

동시의 길로 이끌어 주신 최춘해 선생님과 박방희 선생님께 감사
드립니다.
그림을 그려 준 두산초등학교 어린이들과 문우 박명자 님께 감사
드리며, 기회를 주신 푸른사상 출판사에도 깊은 감사를 드립니다.

2014년 눈오는 12월에
김지원

5

| 차례 |

제1부

엄마만 애쓰고

제2부

| 차례 |

제3부

제4부

종일토록 일한 바람 아기같이 자네

제1부

봄바람이 자네

낮에 불던
봄바람이
저녁 되니 자네.

봄이 온
산과 들에
할 일이 많아

종일토록
일한 바람
아기같이 자네.

양정민(대구 두산초 2학년)

별 모내기

봄밤에 총총한 별
무논에 옮겨 심네.

별 하나, 개굴개굴
별 둘, 개굴개굴

밤마다 무논에서
별을 심는 개구리

별 모가 반짝반짝
무논이 반짝반짝.

소리를 먹다

가족이 둘러앉아
사과를 먹는다.

아빠는 버석버석
엄마는 사각사각
누나는 바삭바삭
나는 아작아작.

엄마만 애쓰고

오늘은 시험 치는 날
오빠도 시험
아빠도 시험

"시험은 시험 삼아 치는 게 아니니까
 파이팅!"
등에 대고 외치는 엄마

아빠도
오빠도
나도
"응."

시험 안 보는 엄마만 애쓰네.

김규민(두산초 2학년)

아빠가 다니던 학교 길

우리 아빠, 지각하지 않으려고
십 리 산길을 매일 뛰다 보니
육상 선수가 되었다는 길
오늘은 아빠와 함께 걷습니다.

두 개의 연못 지나 산마루에 서면
산 아래 저만치 보이는 학교
가파른 내리막길을 달음박질쳐서야
늦지 않게 학교에 도착했다던
그 길 따라 걷습니다.

집으로 돌아오는 고갯길에
비가 오면 귀신 나온다는
무서운 상엿집을 피해
더 먼 산길로 돌아가야 했던
그 길 따라 걷습니다.

동네 형과 우리 아빠

씨름을 했다는 그 자리
지금은 대추나무가 서 있는
그 길 따라 걷습니다.

여름엔 멱을 감고
겨울이면 발 썰매 타던
연못은 그대로인데
그때 아이는 우리 아빠가 되었고
그때 학교는 폐교가 되었습니다.

봄비의 값

어제 내린 봄비의 경제적 가치가
무려 2,900억 원이라고
신문에 났다.

어른들은 뭐든지
값을 매긴다.

봄비는
아랑곳 않고
목마른 곳 어딜까 하며
그냥 내린다.

장민서(두산초 3학년)

눈 온 날

우리는
아프면
아야야
하는데,

눈은
아프면
뽀드득
하네.

박시은(두산초 2학년)

읽기 말하기 쓰기

겨울을 견디고
꽃망울 터뜨린
개나리를 보고
봄이라 읽는다.

소낙비 오다가
무지개 걸리고
매미가 울어
여름이라 말한다.

하늘이 펼쳐 준
새하얀 도화지에
발자국을 찍으며
겨울이라 쓴다.

읽고
말하고
쓰면서
한 살을 더 먹는다.

도시락 속 숟가락

빈 도시락 속에 숟가락

움직일 때마다
달그락달그락

밥을
한 숟가락도 못 먹었으니
밥 좀 달라고

달그락
달그락.

소낙비 올 때

빗방울이
호박잎에
후드득,
후드득.

냇가의
아이들이
후다닥,
후다닥.

천예원(두산초 2학년)

집 잘 보고 있어라

외할머니 댁에 갔다 온다고
집 잘 보고 있으라는 엄마 말에

졸리는 눈 부릅뜨고 참고 참았는데,

"아이고! 우리 막둥이 집 잘 보고 있었네."
엄마 목소리에 잠이 깼다.

집을 잘 못 본 것 같아 미안했다.

조용한 꽃들

봄이 와
벚꽃 다문 입 열렸다.

목련
개나리
진달래도 입 열었다.

살구꽃
복숭아꽃
배꽃도

그래도
하나도 시끄럽지 않다.

사람들이 동네방네 야단일 뿐.

아니, 아니, 아니야

채송화밭에 해바라기
— 내 키가 너무 커 잘못됐어, 잘못됐어.

아니, 아니, 아니야,
작아지려 애쓰지 마.
넌 그냥 키가 큰 소중한 해바라기.

해바라기밭에 채송화
— 내 키는 너무 작아 창피해, 창피해.

아니, 아니, 아니야,
키 크려고 힘쓰지 마.
넌 그냥 키 작은 소중한 채송화.

표우성(대구 용지초 3학년)

참, 똑똑한 봄이다

제2부

매미 소리

여름 한낮 매미 소리
눈 감고 들으니
밤 소낙비 소리

쏴아
쏟아지다

뚝,
그친다.

표우성(용지초 3학년)

해 밥그릇

개 밥그릇에
함박눈 내려
쌀밥같이 담겼네.

해님이 나와서
눈밥을 먹어

개 밥그릇이
해 밥그릇 되었네.

조수빈(두산초 2학년)

화요 장터엔

생선 가게와
꽃 가게
딱 두 개

꽃은
생선이 궁금해
향기로
기웃기웃,

생선은
꽃이 궁금해
누워서
멀뚱멀뚱.

자작나무

군불로 지피면
자작자작
소리가 나서
자작나무

자작나무
자작나무
빨리 말하면
자장나무
자장나무 되네.

자작나무
아래 앉으면
자장자장
잠 오겠네.

꽃은

또래끼리
무더기로 피어도
온 힘 다해 피고

담 모퉁이
외롭게 피어도
온 힘 다해 핀다.

이채민(두산초 2학년)

봄은 어떻게 풀었을까

뒷산도 꽁꽁
강물도 꽁꽁
앞들도 꽁꽁

꽁꽁 묶인 겨울을
봄은 어떻게 풀었을까?

봄이 치는 시험

봄이 시험을 친다.

강물 풀고
언 땅 풀고
매화 꽃봉오리 풀고
마당으로 햇병아리 풀고
산꼭대기 눈 풀고
할머니 겨울 목도리 풀었다.

참, 똑똑한 봄이다.

자석 달린 수박

"못생겨도 맛 좋은
 수박 한 통에 천 원."
천 원짜리 수박 한 통이
오가는 사람을 불러 모은다.

"맛이 괜찮을까?"
못생긴 수박 한 통이
온 식구를 불러 모은다.

조민재(두산초 3학년)

예습

아버지 책 읽다가
꾸벅
꾸벅

스륵
스륵
바람이 책장을 넘기며

아버지 대신 예습한다.

답이 없다

동네 앞에서 만난 아이에게

"네 나이가 몇이니?" 하고 물으니
"민정이랑 같은 나이야."라고 대답한다.

"민정이는 몇 살인데?" 하고 물으니
"나하고 나이가 같아."라고 대답한다.

대답은 들었는데
답이 없다.

벚꽃같이 웃는다

하르르 날리며 떨어지는 벚꽃 잎을 아이는 잡아 보려 손을
휘두르다가, 손뼉 치듯 두 손을 맞잡아 보다가, 뛰어올라 두
팔로 낚아채듯 내젓다가, 비늘 같은 꽃잎 하나 손에 넣고는

하르르 하르르 벚꽃같이 웃는다.

손건우(두산초 2학년)

자두밭에서

까치가 자두를 쪼아 먹더니
식구들 떼로 불러왔다.
"이놈들 저리 가!"
쫓아도 끄떡 않고
자두를 쪼아 먹기에
엄마가 윗도리로 덮쳐서
한 마리를 잡아선
소쿠리를 씌워 놓았다.

까치 식구들 애가 타는지
까악, 깍깍깍깍깍깍, 운다.
"식구 잃고 우는 거 디는 못 보겠네."
아빠가 소쿠리를 벗겨 주었다.
"거 좀 더 두지, 왜 보내요."
아빠를 나무라면서도
엄마는 빙그레 웃는다.

조민재(두산초 3학년)

냉이꽃 하얀 얼굴 땅의 별처럼 뜬다

제3부

꽃자리

벗꽃 잎
떨어지며
꽃자리 편다.

개미가 앉아 보고
아기도 만져 본다.

바람이
걷어 가
구석에다 편다.

환해진 구석 자리
꽃자리 됐네.

한은비(두산초 3학년)

딸꾹질

동시집 읽을 때
헛기침을 하다가
딸꾹질이 났다.

딸꾹질도
동시를 읽는지,

짧은 동시
읽을 때는
딸꾹!

긴 동시를
읽을 때는
딸꾹! 딸꾹! 딸꾹!

따라 그리는 그림

가랑비 송송송
연못에 그린 그림

소금쟁이 동동동
따라 그린다.

동그란 그림을
자꾸 그려 보라고

연못은 새 종이
또 내민다.

겨울비

"눈이 와야지, 비가 오노?"
동생이 창을 열며
투덜투덜.

눈이 될 수도 있었던
겨울비는 미안한 듯
추적추적.

김혜린(두산초 2학년)

그물

섬마을의 그물은

바다에서는
고기를 잡고

태풍 속에서는
지붕을 잡고

뭍에서는
어부 마음을 잡는다.

경주 남산에 가면

경주 남산에 가면
머리 없는 삼륜대좌불
코 없는 마애석불
기둥 없는 주춧돌

신라 시대 이야기
고려 시대 이야기

골짜기에서
등성이에서
조곤조곤 들려준다.

낮말은 새가 듣고 밤말은 쥐가 듣는다

"따뜻한 겨울이네."
"올겨울은 포근하다."

'무슨 말씀.'
잠자코 있던 겨울바람

잎 떨어뜨린 나무 윙윙 울게 하고
창문 흔들어 덜컹덜컹 겁준다.

이다은(두산초 2학년)

개망초

기차가 서지 않는 간이역

보도블록 사이사이
개망초들 서 있다.

기차가 지나가면
따라가려는 듯

온몸을 흔든다.
쓰러지며 흔든다.

김규민(두산초 2학년)

냉이꽃

높은 데서
매화 필 때

낮은 데서
냉이꽃 핀다.

냉이꽃
하얀 얼굴

땅의
별처럼
뜬다.

풍경이 떠든다

스님들 벙어리 수행 중
절이 고요하다.

심심한 풍경이
댕그랑 댕그랑

댕그랑 댕그랑
저 혼자 떠든다.

전기 모으는 손

아버지가 사 주신
전기 제품을 두고
우리 할머니

세탁기 대신 손빨래하기
식기세척기 대신 설거지하기
청소기 대신 걸레질하기
더위는 부채로 피하기
일찍 잠자리 들어 전등 끄기

할머니 손은
전기 모으는 손.

방울토마토 씨알

잘 익은 방울토마토
한입에 넣어 씹으니
총알처럼 튀어 나가는 속

어김없이 달아나는 건
속살 아닌 씨알이다.

다시 태어나 더 많은
토마토를 주겠다고
눈을 깜빡거리는 씨알이다.

김도유(두산초 2학년)

석류

더는
감추지 못해
알알이
쏟아 내는

봄
여름
지나온
새콤달콤한 이야기.

엄선진(두산초 3학년)

좋은 때를 놓치면 안 되겠군

제4부

친구가 되고 싶어

밭둑에서 만난 뻐꾸기
뻐꾹뻐꾹 말을 건다.

나도 뻐꾸기에게
대답을 한다.

뻐꾹, 뻐꾹.
뻐꾹, 뻐꾹.

송나영(두산초 3학년)

학교는 두말할 것도 없고

다리 다쳐 꼼짝없이
누워 있게 됐다.

학교 안 가, 게임 실컷
먹고
자고
놀고

창 너머 보이는
학교 가려 뛰는 아이
친구와 학원 차에 오르는 아이
나도 몰래 다리에 힘이 들어간다.

쌩쌩 잘 걷게 된
내 모습에 놀라 깨니
꿈

낫기만 하면

학교는 두말할 것도 없고

학원 순례도 안 빼먹고 하겠다.

지금이 좋은 때

"이게 뭐야?"
묻고 또 묻는 동생에게
언제나 친절히 웃는 엄마 보다가
"저 때가 좋은 때지, 동생이 부럽다."

놀러 온 엄마 친구는
나를 보고
"초등학생 때가 제일 좋지, 네가 부럽다."

아래층 할머니는
엄마 보고
"아들, 딸 참하네. 새댁 때가 제일 좋지."

그렇다면 언제나
지금이 좋은 때?

좋은 때를 놓치면 안 되겠군.

장민서(두산초 3학년)

잡은 모기

날아가는 모기를
손으로 잡았다.

손 안에 든 모기
"너 죽었어!" 하고 여니
앵 날아간다.

독 안에 든 쥐도
죽은 쥐는 아니다.

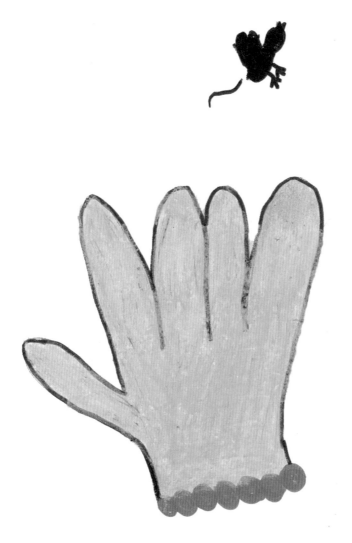

황보예은(두산초 3학년)

제자리걸음

멀리서 온 친구가
돌아가야 하는 날

날 저물자 비 오고
헤어지기 싫은데

시계 속 바늘은
종종걸음.

우산 속 걸음은
제자리걸음.

개울을 사이에 두고

무논과 동산은
서로 정답다.

동산이 무논에게
솔바람 소리 들려주면

고마운 무논은
산 그림자 안아 주고

바람결에 찰랑찰랑
얼러도 주며

개울을 사이에 두고
서로 정답다.

웃는 연못

연못에 비가 찾아오면
연못은 좋아서
방글
방글
방글
방글

빗방울 하나 하나
모두에게
방글
방글
방글
방글…….

손효섭(두산초 2학년)

어제와 오늘

어제는 좋은 일이 하나도 없었다.
성적이 곤두박질치다
바닥에 다다랐다.
깡통을 찬다는 것이
땅을 찼다.
되는 일이 없다며 소리치다
땅바닥에 퍼질러 앉았다.

오늘은 달리기 시합 날
삼등으로 달리다가
일등을 했다.
헉헉 내쉬는 숨 따라
어제의 슬픔이 다 달아났다.
햇빛은 내게로 쏟아지고
바람의 맛도 달다.

한은비(두산초 3학년)

네 친구들 못 봤니?

비 온 뒤
운동장에
지렁이들 많이 나왔다.

구령대 밑에서
축구 골대 옆에서
꿈지럭꿈지럭

저러다 별안간 땡볕이라도 나면
땅속 집에 이르지도 못하고
몸도 마를 텐데,

어서 빨리 움직여 봐!
길 위에서 바짝 마른 네 친구들 못 봤니?

사과

초록 얼굴로
날마다
해님을 만났어요.

얼굴이
조금씩
빨개지네요.

사랑이
찾아왔나 봐요.

이채민(두산초 2학년)

앵두

오월의
해님이

앵두나무
가지에

슬어 놓은
빨간 알.

도송비(두산초 4학년)

밥

식탁에 차려 둔 밥
혼자 먹어야 할 때

배꼽시계가
꼬르륵 꼬르륵
난리를 쳐도

같이 먹을 땐
맛있던 밥이
맛이 없다.

밥은 서로
바라보고 먹으라고
밥이라 했나 보다.

꼬그극~

김예준(두산초 2학년)

동시 속 그림

양정민(대구 두산초 2학년)

우지원(두산초 2학년)

김규민(두산초 2학년)

장민서(두산초 3학년)

박시은(두산초 2학년)

천예원(두산초 2학년)

표우성(대구 용지초 3학년)

표우성(용지초 3학년)

조수빈(두산초 2학년)

이채민(두산초 2학년)

조민재(두산초 3학년)

손건우(두산초 2학년)

조민재(두산초 3학년)

한은비(두산초 3학년)

김혜린(두산초 2학년)

이다은(두산초 2학년)

김규민(두산초 2학년)

김도유(두산초 2학년)

엄선진(두산초 3학년)

송나영(두산초 3학년)

장민서(두산초 3학년)

황보예은(두산초 3학년)

손효섭(두산초 2학년)

한은비(두산초 3학년)

이채민(두산초 2학년)

도송비(두산초 4학년)

김예준(두산초 2학년)

그림 지도 : 박명자 선생님(대구 두산초등학교)